文学固原丛书　王正儒◎主编

杏坛春秋

XING TAN CHUN QIU

周彦虎◎著

黄河出版传媒集团
宁夏人民教育出版社

图书在版编目（CIP）数据

杏坛春秋 / 周彦虎著. -- 银川：宁夏人民教育出版社，2017.5
（文学固原丛书 / 王正儒主编）
ISBN 978-7-5544-1988-5

Ⅰ. ①杏… Ⅱ. ①周… Ⅲ. ①诗集 – 中国 – 当代 Ⅳ. ①I227

中国版本图书馆CIP数据核字（2017）第104810号

文学固原丛书　　王正儒 主编
杏坛春秋　　周彦虎 著

责任编辑　田　燕
封面设计　星　秀
责任印制　殷　戈

黄河出版传媒集团
宁夏人民教育出版社　出版发行

出 版 人　王杨宝
地　　址　宁夏银川市北京东路 139 号出版大厦（750001）
网　　址　http://www.yrpubm.com
网上书店　http://www.hh-book.com
电子信箱　jiaoyushe@yrpubm.com
邮购电话　0951-5014284
经　　销　全国新华书店
印刷装订　宁夏凤鸣彩印广告有限公司
印刷委托书号　（宁）0005044

开本　787 mm × 1092 mm　1/16
印张　14.5　　字数　140千字
印数　1500册
版次　2017年5月第1版
印次　2017年6月第1次印刷
书号　ISBN 978-7-5544-1988-5
定价　35.00元

文学固原丛书（第二辑）编委会

总序

王正儒

2015 年，固原市委宣传部、文联耗时近一年编辑出版了“文学固原丛书”第一辑共十四卷，包括各文类选集四册、各县区作品选集五册、个人作品集五册。我们在选编九册各类作品选集时尽可能突出普遍性，意在呈现固原市文学创作的整体水平；五册个人作品我们特邀石舒清、郭文斌、梦也、火会亮、了一容五位作家各自选编了他们自己的作品编辑成册，这五位作家的作品大约代表着目前固原文学创作的较高成绩，也代表着新世纪以来固原市作家的整体风格和艺术追求。但这十四卷书并不是固原文学创作的全部，因为还有更多的作家尤其是青年写作者近些年来勤奋创作成绩斐然，所以在这十四卷书出版之后我们就着手选编第二辑“文学固原丛书”。

第二辑“文学固原丛书”从现有的固原作家中选出在各个文类如诗歌、小说、散文和评论创作中具有代表性的作家十位，诗歌如王怀凌、单永珍、周彦虎，小说如马金莲、许艺、王玉玺，散文随笔如程耀东、古原、樊大学，评论如倪万军。

本辑十位作家的创作各有其审美趣味，各有其文学追求，既有固原文学传统的一面，又有超越地域影响而呈现出的大格局。如王怀凌的家园书写和人生况味，如单永珍在西部高地的精神漫游和神性书写，如马金莲对回族女性日常生活细腻温婉的观照，如许艺的才华和其作品中先锋小说华丽的背影，如程耀东散文中的知识者情怀和乡土叙述，如倪万军评论作品中的史观与方法论的启示，等等。从这十位作家的整体水平来看，我们完全有理由相信，如果第一辑五位作家代表着固原文学的突出成绩，那么本辑十位作家则代表着今日固原文学的普遍实力。

不过，若论及固原文学的实力，除了这十位之外还有更多的写作者以他们的才华，以他们对文学的挚爱，以他们对这片土地的热恋书写着各自的文学梦想。我想今天这若干册“文学固原丛书”的出版也不过是一个系统工作的开始，在以后我们还要持续推出其他作家的作品，尽力呈现文学固原完整的样貌。当然，编辑“文学固原丛书”，我们虽然想让读者诸君看到成绩和水平，但绝非夸耀，因为我们的重要目的在于鼓励作家的创作，在于引领地方文化向着有意义有价值的方向发展。至于这一点，我倒是希望“文学固原丛书”的出版能够得到更多读者乃至社会各界的关注，以更大的社会力量来推动地方文化的发展。

最后，值得一提的是，在“文学固原丛书”的编辑过程中，固原市文联杨风军、单永珍、李方等在策划、选稿、编辑及上下联络工作中付出了巨大的努力，这是要特别感谢的。

2017 年 4 月 10 日

生命的色彩

周彦虎

我曾经被“采菊东篱下，悠然见南山”的诗味所熏醉，也经常在四季的自然里寻觅生命的色彩。

生命的色彩，当如春季的绿。一块橙黄的土地，有一芽绿，似乎有了一丝生机和灵气；瘦枝生硬，自从有了一叶春色，似乎有了希望和动力；至于麦苗连天无穷碧的绿色，自然是生命的蓬勃生机了。生命力的色彩，当有这种富有创造意识和锐意进取的绿色。绿色是不是生命的本色呢？

夏季，是嬗变的季节。在生命底色的映衬下，生命开始了拔节和孕育乃至成熟。假如没有这种嬗变，生命就停留在单一的绿色里，而无法达到丰富多彩的境界。生命之美在于原汁原色，更在于充满变异的五彩纷呈。当然，嬗变有时带有腥味，有时电闪雷鸣，有时落花流水，并是不是单一的充满温馨的卿卿我我。如果说红色是生命的热烈与奔放，那么蓝色是生命的平和与静谧，白色是生命的纯净与安逸，黑色是生命的庄严和沉重，紫色也许是生命的高尚和深邃，至于黄色，也许是生命的丰满和华贵。这些色彩，都有可以在枝头看见。

当果实坠于枝头，生命力开始了冷静与喧耀，金黄色便是生命之色的主旋律，金黄色是一种血汗沉淀之色，是一种阳光沉淀之色，中一种雍容华贵之色，是一种丰收的喜悦之色。叶落蝶飞，文人画士因之悲秋。这其实是对生命力的误解！每一棵生命力之树，没有果实，自然就没有凋零。落叶不是生命之色的衰败。纷纷扬扬，难道不是一种骄傲吗？秋季不能一味沉溺于金黄色的冷静之中，否则，生命就会霉变，就会枯萎。

身处大山高顶，看北国风光，确也是人生的一种壮美的体验。谁持长弓，将洁白的云弹得多姿多态，纷纷扬扬，飘逸在迷朦的天空？原本喧闹的世界，进入了冬季的沉思。生命之色原来是银装素裹的纯洁。

人生本如一张白纸，而生命如同蜡笔。有怎样的创意和笔法，就会在这张白纸上涂出不同的色彩和图案。于是我明白了生命的本色是洁白之色。进入冬季，一切重彩褪变，还原本色，如雪白的头发和胡须，透过老人温柔的目光，似乎发现生命复原之色，并不是一种简单的色彩轮回，而是一种人生至高至上的玉洁冰清。白色是生命力的本色，也是生命的最浓烈最宽容最有聚合力的色彩！

如果说天人合一的话，那生命力的色彩也是有轨而又多变的。我们在明白了人生嬗变的过程之后，更应珍惜生命的蜡笔。否则，即使身处菊花丛中，也难参验人生的“悠然见南山”之心境，而慨叹人生如梦，人生如水，人生如蚁……

身处黄土高坡，游历多变人生，思索生命色彩，书写见闻感悟，便是我一生的快事和疼痛。继《一壶夕阳》出版之后，将习作编辑成《杏坛春秋》《岁月剪影》两部诗集，择机出版。《杏坛春秋》共分金木水火土五辑，其实，金木水火土在这里只是虚词，只表述了一个顺序，所选诗歌的主题词就是黄土、生命、人生、感悟见闻。我的写作，是草根式写作，接地气但缺乏高度，有画质但欠缺深度，好在坚持笔耕，以自己的勤奋坚守自己的人生操守，以沧桑的歌喉吟哦深爱的养我厚土，以简朴的诗句描绘深浅的脚印。朋友们都说我豁达乐观豪放，其实，我总是以一双忧郁的眼睛审视着生活，笔下的悲情让自己唏嘘。

习作《刀子》可以见证：

一想到生活
满头脑的刀子
风刀，雨刀，闪电如刀
流水如刀
时间如刀
就连有些人的目光
也像两把飞刀

人活着真不容易
不是在刀丛中躲闪
就是制作各种用途的刀子
硬刀子肉体流血
软刀子灵魂受伤
刀刀见血是白天的作品
隐隐作痛是深夜的长叹

金钱是杀人不见血的利剑
把一个个灵魂串成羊肉串串
然后在欲火上烧烤
再撒些麻木冷漠的胡椒面
就着啤酒
吃得津津有味热火朝天

我的刀子就是诗句
在月光下的柳叶上磨砺
没有把诗句之刀磨亮
却把柳叶磨成了飞刀
在树上飞舞时伤春
在树下飞旋时伤秋
我也收藏了许多从古到今的诗句之刀
泡在酒中
就着月光喝下去
既伤身体,也伤魂魄

刀子多了
日子阴森森的
给别人准备的刀子
却戳在自己的心上

目录

Content

第五辑　土之黄

第一辑 金之白

自画像

常言道,一切从头开始
苍老和暮气也从头开始
水土流失从头顶向下渐近式运动
黑细的头发变稀变黄
夹杂着一株株白桦
白屑像一只只野鸭从芦苇丛中飞起
两鬓的芦苇荡
一天收割一次
为了英俊的青春

血丝切割着忧郁的两眼
眼睛纯粹成望远镜
看不清近在咫尺的风景
两眼皮耷拉着
拉长了岁月
没有感动,没有悲伤
两眼总充满着泪水
迎面的东南西北风
总让我泪流满面

两耳垂肩
爷爷哄了我五十几年

因为我没有做上官,更何况大官
所有的福气化为一壶夕阳
我倒觉得我是一个没有出家的和尚
没有成佛
长着佛耳
有一点点佛性和佛相

鼻子是生长得最优秀的地方
鼻尖既不红肿也没麻点
小巧玲珑
闪烁着柔和的光芒
不过,睡觉时总爱逃岗
让呼噜声站岗

嘴棱角分明且有些红紫
开裂的鲜血使我想起杜鹃
问题最多的是嘴
喝一斤白酒吐二斤火焰
吃一碗米饭嚼一盆心事
吐一口长气发一腔幽怨
说一句好话射一把沙粒
笑一声喜悦含一丝悲伤
嘴唇紧闭着
不敢露出牙齿

自画了一张肖像
还缺脸面

没有脸面是因为岁月太黑
我喜欢用阳光
诠释自己
和勾勒世界

我是秋天的一棵树

我是秋天的一棵树
秋风吹来
曾经的青春
化为飘飞的黄叶
我还是习惯于扬起手
梳理一下风乱的头发
摸到了稀疏冰凉的秋

我是秋天的一棵树
站在岁月的船头
身后是远去的风景
身前是夕阳的地平线
我还是喜欢招招手
拍拍身上的尘埃
走进深秋

影　子

疲倦的时候
蹲下自己的身子
拍拍自己的影子
说声：老伙计
我让你受累了

当影子爬在路上
那肯定是喝醉了
需要顽强地扶起它
说声：老伙计
离家不远了
咱们一定回家去

靠着墙根
我和影子蜷缩一起
那是最深沉的时刻
不要摇动它
阳光的剪刀
会在白墙上剪出思想者

夜深人静的时候
感觉孤单

面对烛光
邀请影子跳个舞吧
与明月举杯
然后拥影子共眠

迎着阳光走
影子细长细长
像一把巨大的手
推掀着我
宁可被来往的脚和车轮
踩出呻吟,碌成尘埃
也不碎裂自己的意志

话　说

有些话
只能说给自己听

有些话
需要关起门来说

有些话
左耳进右耳出

有些话
得顶礼膜拜

有些话
让行动表白

有些话
最好压在棺底

有些话
当说就说

爷爷说

孩子，听话

朋友说
你会说话吗

老婆说
不如不说

婆婆说
说透了日月

领导说
你不要说

高山流水说
听得懂吗

沉默是一种极致的说
听风雨说些什么

人世间许多事
还是听时间怎么说

中国象棋

卒子一般在守阵地时
死于对手程序性的猎杀
或殉职于主帅无视性的舍弃
一旦深入对方阵地
就是自杀性的坦克
甚至拱死对手的元帅
将胜利挂在帅府的楼顶

象士的职责是保卫元帅
大有我不下地狱谁下地狱的慷慨
可往往守护太严
憋死了自己的主帅

马踏日字像飞天
卒子一步拱河边
车行直道炮翻山
规则是游戏人生的红绿灯
明一套大家都宣讲
暗一套大家都执行
专找黄灯的漏洞时刻

千里马往往被别腿

大炮打两座山打出了霸气
象飞过河只要有上方宝剑
路虎的车想撞谁就撞谁
最怕老帅死狗亮胸膛
指挥士兵抢回了人家的王妃

善良的人总是微笑着杀死对手
智慧的人总是让对手兵马未动
高举白旗
凶猛的人总是功夫在棋外
消磨时光的人不在乎老帅惨死几回
看客七嘴八舌,层层包围
像一团嗡嗡的蜜蜂

中国象棋是中国特有的智慧
全寄望于执棋人的才华气质思维
下一盘大棋千折百回
下一盘大棋齐心协力
下一盘大棋志在千里
下一盘大棋魂在民心

夕阳如豆

将几粒婉约的文字
抖落在黄昏郊外的山野上
令一抹愁绪
在灵巧的指尖
绽放成红豆的形状
企图在痴痴的等待中
将浓郁的思念
根植成香山红叶

文　字

闲来无事的时候
拉着几个吱吱叫唤的文字
在稿纸的草坪上遛遛
把自己的肋骨扔了出去

有时，文字失去了温顺
像一群龇牙咧嘴的狼
撕裂着我的手臂
嘴角滴着血
呼哧呼哧地对着你

我希望我的文字
不是凶猛的动物
也不是乖顺的宠物
而是一缕阳光
能给封闭的心脏
切割出一扇天窗

大刀记

——纪念抗战 70 周年

用黄土红土黑土的烈性制胎
经过大屠杀血海的淬火
经过三光政策淫火的煅烧
经过怒吼黄河的洗礼
经过飞机大炮的锤炼
一片片寒光闪闪的大刀
系着一腔热血的红丝带
挥舞在三千里河山

哪里有炮楼和钢盔
那里就有怒吼的大刀
大刀成为敌人黑夜的呻吟
白天的哀嚎
大刀向鬼子们的头上砍去
全国爱国的同胞们

森林般的大刀
凝聚着火山喷发的血性
和台风的速度及劲道
像插在中华大地的一座座丰碑

大刀,绝不能生锈

因为大海上游荡着鬼子的幽灵
让寒光闪闪的大刀
永远守护我们的国门

打　坐

一条古道,三柱青峰
太阳在最高最尖的峰顶
打坐
一坐就几千年

寂寞是骨头缝里的旋风
孤独是穿过心脏的冷风
失落是冰封双腿的阴风
伤感是扑打双眼的秋风
人生如风
只要你心平气和地微闭双眼
心盛开成莲花

莲心开放

人生如风
一晃几十年

心若不动
风又奈何
心若动了
阴风丛林
微闭双眼
春风又生

立　秋

校正生命的日历
一年没有泾渭分明的四季
也没有四季之后的无限轮回
人生是趟单程车
只有一次四季
少年如春
青年如夏
中年如秋
老年如冬

立秋始于孤寂
生命的绿叶被秋风驱赶
以蝶舞的形态沉于泥塘
或以流星的姿势沉于黑暗
或以飞蛾的姿态投于篝火
秋天站立起来
世界更加空寂

立于秋天
我不校正时间
我怕瞬间苍老
让岁月也飘白须

立于秋季
面朝大海
让共长天一色的秋水
向我扑来
我会屹立成一座岛屿

皮影戏

生活的舞台上
谁敢说自己
不是皮影

昏暗的马灯
和幕后的手
操控着皮影的命运
看客的脖子上
也系着好多根细细的线绳

线绳传导着各种文化的脉冲
唱念做打的不仅仅是皮影
戏里有戏,戏外有戏
戏如人生,人生如戏

念　经

家家都有难念的经
和难以转动的经轮
再难念
还得一页页掀
即使戳透纸页
即使戳断指尖

三百六十五个岁月
是三百六十五张经卷
内容重复的日子
最难念
无字天书似的经页
使你望穿双眼
望不透一张窗户纸

旋动分针的经筒
拨动时针的经轮
高擎一天的经帆
将日子念出太阳的七色
将生命念出月亮的圣洁

其实,日子的经轮

用心拨动
就有了千万种版本的心经
爱是轴心

看

看到了
不一定看见

看见了
不一定看清

看清了
不一定看懂

看懂了
不一定看透

看透了
不一定看淡

看淡了
不一定看虚

看虚了
不一定看开

看开了
不一定看到

告别 2014

回首 2014
有几件刻骨铭心的事
像饱满的玉米粒
根植记忆的土壤

回首 2014
有几项灿烂的业绩
像火红的牡丹
盛开在原野的花坛

回首 2014
有几次幸福的微笑
像久旱的春雨
刷新沧桑的脸面

回首 2014
有几个火烫的脚印
像北斗七星
烙在生命的蓝天

告别 2014
却总被 2014 牵挂

回首 2014
却总被 2014 伤感
2015 姗姗的脚步
和飘飘的裙带
在不远处召唤，召唤

在人生的列车上
别离的徘徊和泪水
朦胧着一个个驿站
与其回首
不如向前，向前

一气喝尽 2014 的长亭酒
拥别 2014
不在回首
牵住 2015 腰际的玉环

山　韵

台　阶

拾级而上,我想
残缺斑驳的石级
是前人留给后人的枕木
和嘲笑

松　柏

在岩石上
墨斗着山的斜峭
石峰
不再说自己
多么挺拔和正直

云

洁白的哈达
被秀山的手臂
挥舞
独舞出自然的神韵
太阳闪动着快门

鹰

盘旋的鹰
是蓝天的
复眼

寺 庙

神灵与众生
隔着一排香火
钟声
穿透云霄
掠过绿海

莲花在远山之外
虔诚在香火之中
一句阿弥陀佛
便到了彼岸

红尘的垢甲
散落一地
心如莲花
思如碧流
形如婴儿

佛曰：笑着面对
随心，随性，随缘
那一朵花开的时间
是在百年之后的
泥潭

观 音

额头的红痣
又叫吉祥痣，观音痣
其实更应叫法眼
将世事一眼洞穿

面带微笑
是会心的微笑
也是对天下的诉求
无言而又含蓄的回答

可是，天下的观音
总是低眉
不愿微闭双眼
不愿平目远视
也不愿两眼朝天

低 眉

是在倾听

还是在俯瞰
是不忍心听视
还是对天下的祈愿
无法面对
无能圆满

美丽的莲花
盛开在苦难的大海
打坐在莲花上的观音
真的能应天下的菩萨

心中有至高无上的莲花
总比杂草丛生好
我祝愿南无阿弥陀佛
千手如莲
万世吉祥
陪伴红尘滚滚的天下

山村黑夜

天黑了
我不愿拉开灯泡
让纯净的黑夜涌进门窗
包围自己
让鸡鸣狗叫
和牛羊的喷嚏
穿透我的灵魂
将头颅深深地垂下
沉寂成一座山
享受山村黑夜
赏赐的宁静

喧嚣中会失去很多很多
甚至迷失了自己
使我想起玻璃上的蜜蜂
或者苍蝇
当和黑夜融为一体时
我沉淀着自己

哪有不停泊的航船
哪有不飘落的绿叶
道路可以高速

生命不能立马飞到终极

我喜欢山村的黑夜
如同城市封死窗户
拒绝阳光
我喜欢山村的黑夜
如同冬天蹲在墙角
感受着太阳的抚摸

阳光让我看清一切
目眩的世界
你能看清什么
倒不如在黑夜中
看看世界的轮廓
看清自己的脉络
用生活历练的法眼

我在黑夜看着自己
如同星星看着世界微笑
山月看着溪流
漂泊

酒语乎，醉语乎

1

求学有三境
喝酒也有三境

有我有酒
酒我相望

酒中有我
我中有酒

无我无酒
酒我两忘
此乃品酒之大境也

2

人是酒杯吗
可岁月的的确确是酒啊
酸甜苦辣的滋味
只有心知道
有怎样的酒杯

就有怎样的酒
有怎样的岁月
就有怎样的酒

酒杯醉了
我没醉
我是谁
我是窗外枝头悬挂的
一片红叶

3

白酒,透明
静坐如淑女
一旦和她相吻
成为刺入喉咙的烈焰
在体内
辗转着
翻腾着

贫寒者锁不住
迫在舌尖儿的愤怒
富贵者停不住
羽衣霓裳的长歌劲舞
沉默者
冲破堵塞百年的喉管
大智者

抖落千年的寂寞
高呼着大道自然
和难得糊涂

关羽温酒斩华雄
赵匡胤杯酒释兵权
李白斗酒诗百篇
杜甫浊酒泪涟涟
李清照东篱把酒黄昏后
秋瑾貂裘换酒……
一杯酒
曾经
浓缩着历史的风流
也曾经
泡软了无数英雄的利剑
最终
一壶夕阳
万里长河

历史是一壶老酒
漂流在岁月的波涛上
漂过记忆的桥
敲打着我的梦

4

我醉了

倒在马路上
抚摸着自己的影子
老伙计
跟随我行走了几十年
我让你时时受累
一束月光
能否将你扶起

5

酒是液体的火焰
将我的细胞
烧得吱吱呀呀
肉体一层层爆裂
最终
火中飞出了透亮的灵魂

世人独醒
我独醉

6

天在旋转
地在晃动
人在蠕动扭曲
只因心杯的酒

月光似的晃动

关联词的意义

因为有了因为
所以有了所以

如果有了如果
世界没有那么

虽然天花很绚丽
根烂在那个但是

为了是美丽的谎言
因此才是真正的目的

又表示很忙很忙
又是劳而无获的喘息

理论上有或者或者
现实中只有只有

汉语的关联词表达逻辑
其实最没逻辑

只有把虚词变成实词
生活才有了意义

影　子

1

这一辈子
真正离不开的
就是自己的影子

2

彻底倒下
就没有了影子

3

在人生最黑暗时
影子
也会离开你

4

日头越斜
影子
越长

5

用什么
能扶起自己的影子

6

夜越长时

全靠墙上的影子

支撑

7

影子

请我跳个迪斯科吧

让霓虹灯做你的眼睛

8

好不容易站立起来

不能做别人的影子

9

与其在阴影中

埋怨太阳

不如站在太阳底下

风干自己的影子

雕　刻

生活在垂柳下
你就会成为一只麻雀

生活在沙漠
你就会成为一条响尾蛇

生活在雪山顶
你就会成为一只仙鹤

生活在泥水塘
你就会成为一丝绿波

生活在莲花上
你就会成为一尊佛

生活在酒杯中
你就会成为一枝枯叶

生活在权柄间
你的脖子就会被另一只手紧握

生活在火红的钞票里

你就会成为一团黑夜

呵呵,你始终讨厌什么
你就会变成什么

哈哈,你始终喜欢什么
你就会成为什么

呵呵,别高估了自己
生命也是一块石头
始终被岁月雕刻

哈哈,也别低估了自己
生活也是一块石头
始终要我们雕刻

有时候

有时候，
只想把世界关在门窗外，
一个人静静地发呆。

有时候，
被捂在生活的锅里，
想抠开一个缝隙喘息。

有时候，
行李塞满一路，
想丢掉所有的行李。

有时候，
伤口讲述着真相，
我却极力隐藏着伤口。

有时候，
想哭想笑
无声无泪。

有时候，
彻夜未眠，

寂寞深入骨髓。

有时候，
极力表白，
却不知表白是一种多余。

有时候，
没有喝酒
自己却酩酊大醉。

有时候，
梦想碎了一地，
捡不起来。

有时候，
人问我是谁，
我问我是谁？

镜　子

夫和妻
是彼此的镜子
笑对着笑
怒对着怒
怨对着怨

镜子蒙尘
用爱轻轻地擦拭
镜子龟裂
用爱轻轻地熨帖
镜子破碎一地时
虽然没必要拣拾
但那一地的闪闪烁烁
难道不是恩爱的岁月

大地面对着
蓝天的镜子
高山面对着
湖泊的镜头
风雨雷电
霜雪秋叶
都是镜子微笑的背景

对着镜子发呆吧
对着镜子微笑啊？
但千万不要对着镜子
嚎叫或背对着镜子

日　子

年，走了
轰轰烈烈地来
轰轰烈烈地去
只留下涓涓细流似的日子

老人说
年好过
日子难熬
因此，我将年倒在酒杯
高高擎起
然后大醉
吐出所有沉积
将自己化为酒坛
准备腌制雪花似的月光
和一个个寂寞的日子

三天的年走了
日子以三百扇门的冷漠
面对着我和你

短歌行

1

草尖
挑着露珠
圆了
亲近太阳的梦

2

冰
是睡着的水
雪花
是梦游的冰

3

云
可以遮盖蓝天
但不要妄想
在蓝天上
留下脚印

4

蝴蝶
是寻觅爱情的花

花
是嫁了人的蝴蝶

5
白云
总想掩盖太阳的笑脸
结果
自己也笑了

6
好多眼睛看着你
你是花季的孩子

一双眼睛盯着你
你是丈夫或妻子

好多眼睛看不见你
你已是一个老人

7
盯着自己的脚面
走不了多远

后脑勺长着眼睛
走不了大道

第二辑 木之绿

我要回到乡下去

老了,我要回到乡下
在山坡上盖一间小屋
种一排排杨柳的院墙
养一只白狗守护着我的梦
再种些花花绿绿
再养几只鸡鸭

顺着山坡
垫一段青石板的台阶
一边走向山泉
一边寻找童年的蛐蛐
顺便掐一朵野花
戴在老伴儿雪白的发髻

听雄鸡唤醒山沟
和山鸟一起唱响山梁
有时喝点杏花村
倒挂在树杈

再也不看匆匆忙忙排队的蚂蚁
再也不想过去未来在现实中轮回
再也不悔年轮的哪几圈白白添加

再也不牵挂亲朋好友和红尘浓淡
再也不惧死亡之神爬在窗户下

老了,我要回到乡下
和老伴儿挤坐在屋门前
与狗,与鸡鸭
与一只口叼青菜叶的奶羊
看夕阳西下

手掌之春

春天从寒峭的中指尖上
滑落，像绿色的淡淡的液体
滑落至指缝间
沿着手掌的纹理
闪烁着绿色的光芒
整个手掌如仙人掌
鸟雀声在五指峰上争鸣
手掌原来是一片草原
奔来了夏天的汗马

仰面山坡

不知从哪一天起
我的心钻进了山林
在山涧溪流上笑成了一朵浪花
在松涛白云间穿梭成一只鹰
在山坡上爬成一片无名花
我只想让那一坡坡青草
染绿我的双肺
我的眼睛就是那眼山泉
白云的盖头盖不住遥远的天边
宁可让松涛成为永远的耳鸣
在鸟鸣虫吟声中歌唱幽静和空灵
仰面山坡,时间久了
我全身生长出台藓
马

关于春天

春天到了，
不要把目光一味投向花海，
而忘记自己盛开！

许多年，空留下人面桃花春风的感叹，
今年，即使做一朵出墙的红杏，
也要让过往踏青的眼睛，
飞出两只美丽的蝴蝶！

对于春天，
曹雪芹描述贾府四大小姐，
元春，迎春，探春，惜春，
昭示原应叹惜的惆怅，
而忘记自己是春天的一把圆号！

所以，是冰河，
总要解冻成一朵朵浪花！
是生命，总要开放自己，
哪怕是河畔边的一朵春风！

在山坡上站立久了，
一树，一放翁！
一花，一陆游！

鞋之路

草鞋走出的路
两万五千里
两万五千里的山河长卷上
一只草鞋
就是一枚印章
脚上的血液搅拌着信念
凝固成印泥

布鞋总爱亲近土地
磨透的鞋底
或张着一张嘴
讲述大地上的烽烟和炊烟
或是一双眼睛
观察地下的故事

皮鞋走在柏油路上
自信在鞋尖上
闪闪发光
走在泥泞的土地
往往失去了光泽
掉了鞋底之后
一双雪白稚嫩的脚

总不肯深入土地

高跟鞋
在世界的天桥上
踩碎了许多眼球和闪光灯
但它的节奏和力道
有时不和大地的脉搏合拍
人们担心高高的鞋跟
或拐断,掉跟,扭了脚脖
或像一枚钉子
扎入好多人的肉体

草鞋布鞋
已淡出了人们的视野
因为它走出的路
充满了泪和血
但我还要说
皮鞋高跟鞋
还应有草鞋布鞋的基因
还要有草鞋布鞋的精神

中国古代六圣大写意(组诗)

文圣孔丘

若从思想的角度
拜读孔子
孔子如参天大树
绿荫的巨伞下,子子孙孙
时时引证子曰
而根系在土地深处
延伸于古今中外

若从教育的视点
透视孔子
孔子无愧于人类灵魂的工程师
点滴思维的种子
都可种植在许多心灵的净土
萌芽 拔节 抽穗

若从政治的法坛
解剖孔子
孔子抛给世人的
是许许多多的渔网
不会撒网的人

往往网住了自己
而历代统治者
大都是捕鱼能手

史圣司马迁

把自己的肋骨
磨砺成朱笔
写出灿烂的《史记》——
无韵之离骚
史家之绝唱

皇权总想把自己在书页中
描绘成天之骄子
或龙子凤裔
正直的太史公
总想真实地记录
日出日落
高山流水

一个用滴血的刀
撰写自己的英明
一个用残缺的身体
洞穿权贵的虚伪
我在《史记》尾页的空白处
读到了许许多多的张志新

茶圣陆羽

把自己和一生
泡在岁月的壶茶中
才滴出了《茶经》
茶乡的子子孙孙
用心的茶杯
盛着碧绿芬芳的《茶经》

我想茶圣的寿棺
在人们的味觉里
肯定是个大茶壶化成的
一口无形的悬棺

茶圣却从书的标签上
飘了出来 白发童颜
对我讲 茶文化是贵族的杜撰
喝茶只为健脑提神
一生活得精精神神

武圣关羽

拿自己的滚地头颅
击碎曹操梦境
玉碎刘备阴德
便成了圣人
有华人的地方

就有关帝的音容

其实,中华民族的血性男女
都舞一个大刀——重义精武
为国为家为子孙
将一腔热血喷出
化为一道横贯土地的彩虹

武圣关公

应默对人民英雄纪念碑
脸红一次

诗圣杜甫

聆听草堂露珠
平仄人生的惨惨淡淡
直面兵荒马乱
高吟“三史”“三别”
犹如泥土中的蚯蚓

我时常听到一种凄厉
从唐诗大典发出
尤其夜雨人静时
打开诗书
杜工部向我讨伐要一把稻草

恍然如梦
却有真切
我读杜老夫子
读出了繁华包装下的大唐
却原来也是一颗虫蛀空的苹果
什么是诗
拜读杜甫

画圣吴道子

如果说丰子恺老人画人
不要脸
那么,吴道子画人
不动笔

端一碗墨
泼在宣纸上
用意念调剂
便是道法自然的画
悬挂于教授们的嘴上

假如圣人健在
定会请超大家手笔们
像达·芬奇的老师一样
指导学生从各个不同的角度
一丝不苟地画鸡蛋

雏鸡破壳时

圣人会说 :你出师了

但只是万里长征的第一步

阴　影

一晃大半生已过
在月光下
把往事搓成捻子
用寂寞制成蜡烛
点燃
一闪一闪的蜡火
能燃尽辽阔的黑夜

恍惚间
万事蹉跎
只感动于把黄昏分成两半
一半给你做了长长的影子
一半倒映在我心的湖泊
人生路上
最孤独的莫过于影子

恍惚之后
我明白所谓的远方
就在心中

灵与肉

岁月的纤绳
被欲望拖拽着
一头是嬉皮士般的欲望
一头是东突西撞的生命

欲望总能用翠色欲滴的青草
把生命牵引成
一头乖顺的毛驴
精疲力竭
跌跌撞撞
而又全心全意

有时,肉体散架了
遗失成岸边的石头贝壳
而灵魂仍被钩成挣扎的鲤鱼
有时,肉体被押解着
灵魂远远地落在了后边

当欲望放逐了失血的生命
谁能为我招魂
即使招来大汗淋漓的灵魂
又附体在哪里

岁月如梭

心房满是蛛网尘埃
灵魂寻觅着宁静与旷古
而双手紧紧地抓着欲望之绳
生命被岁月游戏成飞天的风筝

岁月悠悠
红尘滚滚
欲望如九寨沟的一个个海子
生命是一条游动的木鱼

生命的露珠
应在一朵绿叶上
和太阳一样微笑
和月亮一样纯净
和蝴蝶一样翼动

自　由

在鱼看来
比自己更自由的
是水

在水看来
比自己更自由的
是鱼

在蝴蝶看来
比自己更自由的
是风

在风看来
比自己更自由的
是蝴蝶

在我看来
比肉体更自由的
是心灵

在心灵看来
比自己更自由的
是水、鱼、风和蝴蝶

偶　思

枕着月光睡觉
梦是清纯的

握着日光走路
前方是明亮的

拿着小草阅读
心是碧绿的

含着花瓣儿回忆
岁月是醇美的

穿着千层底儿上路
道路是平坦的

离 别

眼睛红红的
妈妈说眼里扑进一只飞萤

背包填得鼓鼓的
老爸还觉得漏装了重要东西

还没有跨出家门
奶奶却估算着回家的日期

挥别的游子,在村口
一次次留下远行的背影

母爱是波光粼粼的河
我是渐行渐远的帆

父爱是一座挺拔沉默的山
我是萦绕山头的云

不论飘向哪里,一颗心
总在亲情的莲花上打坐

33 年的同学聚会

匆匆地，我们相离
匆匆地，我们相聚
一离一聚的路程
走了 33 年

本来，我不愿聚会
并不是忘记 33 年前的黄金岁月
忘记风华正茂时的同窗望月
忘记血气方刚时的面红耳赤
忘记情窦初开时的躁动羞涩
忘记激扬文字时的高傲偏激
忘记饥肠辘辘时的田园偷袭
而是想将 33 年前的你与风景
定格
定格成永远青春的记忆

33 年的人生
已将你的额头开垦出宋词的长短句
已将我的头发漂染出楚辞的唏嘘
33 年的千万里追寻
33 年的风雪雨霜
都化为陌生地相认

紧紧地相拥
好像打开了 33 年的时空隧道
岁月又充满了书卷和青草的味道

重游故地
寻找曾经的文学脚印
把酒尽饮
醉吟当年的音乐心声
执手相看
抚摸青春留下的尾巴
同床叙谈
盘点 33 年走过的坎坎坷坷

人生的路很短
一段同学相聚的路却走了 33 年
人生的路很长
33 年的路程
好像只隔了一帘珠梦

33 年了，相貌变了
变得不敢相认
背景、地位、性情变了
变得让人陌生
可这一切的世俗红尘
都没有混合稀释纯净的同学情
岁月的年轮上
浓缩着同学情的花纹

匆匆相聚的目的
是为了遥遥相离
我又得定格年过半百的影像
却不愿 20 年后的再次相会

既然人生的路不能回去
我们就一如既往地往前走
让去年今日门前的桃花
在渐渐枯萎时
硬枝挂满爽朗的笑声
和再次相聚时的春风

第三辑 水之蓝

清　明

细雨，清洗道路及道路两旁的桃花，
又黑又亮的不是油路，而是眼睛！
又红又艳的不是山桃，而是路人的笑声！
春节刚过，又和逝去的先祖亲人相聚。
三柱长香，一团火焰，
将阴阳世界沟通，灵魂的交流，
不需要语言和哭声！

长满荒草的坟头，
写满寂静和苍凉，
这难道是人生的终点和归宿?!
清，就是喧嚣之后永远的清静，
明，就是红尘之后永远的明朗，
清明，是让我活着不要忘记有些东西，
并且清清明明地活着，
活得清清明明！

雨纷纷了千年，路上的行人，
不要轻易轻吟欲断魂，
拷问一下自己，
我可有魂?!
纷纷细雨可为谁而落?
纷纷细雨可洗净了我的灵魂！

春　雨

今天，雨滴在院中，在柏油路上，在山坡
唱着我是一个小苹果，跳着小苹果舞蹈
今天，刷刷的雨声是田园山野的主旋律
我想山坡坡树皮皮感觉到甜蜜的疼痒
嫩芽啄破冬天最后的封闭探出脑壳
一闭上眼满山都是绿草的散文诗歌
我想老农的目光早投射到自己的田地
做种子的模样准备生根吐芽抽穗
我也撕掉冬天的蚕茧和春天的风衣
放下手机，站在雨中，让春雨冲洗尘埃
选一个最深的雨窝
种下纯粹的自己

谷　雨

几朵女云
在最高的山顶上
蠢蠢欲动
今天，空气是生的
山上的桃花收紧了裙子
树枝上的麻雀
像冬天的一片片枯叶

谷雨
一滴滴跳舞的雨滴
在庄稼人的眼中
是一粒粒小麦、大米和玉米
是一粒粒兴奋、希望和生机

面朝大山
春冷花也开

初　夏

苍山们迫不及待地挥舞白云的手帕
野鸡们迫不及待地展翅飞翔
花儿们迫不及待地一堆堆开放
女人们迫不及待地孔雀开屏
男人们迫不及待地露出凉爽

一场西北风
一场沙尘暴
一场冷风阴雨
送走了蓝天和憨态可掬的太阳
心情回到了冬季的火锅

再冷的夏天
她能比过冬天
我坚信
热浪滚滚的夏老虎
会追逐得城市大汗淋漓
老天就这么任性
和有钱有权人一样

等到土地温暖时
我将半截老寒腿插进泥土

生根拔节发芽
来年开一树梅花

五月五

五月五
豌豆丝丝吐一吐
麦苗穗穗努一努
狼儿子出窝屁股扭一扭

五月五
柳枝艾叶插门楼
花花绳儿缠手脚
荷包胸前荡眼球

五月五
凉粉凉面凉炎日
甜醅甜蜜甜歌喉
花馍红月亮

五月五
远山绿浪,羊飘如云
山林露屋顶
白云挂树梢

五月五
拧一支柳笛

吹一曲高亢
驱赶野鸭湖上飞

雾朦胧 月朦胧(组诗)

孩　子

呀呀的憨脚
呀呀的乳头
呀呀的小手
呀呀的怀抱
呀呀的妈妈
像一座呀呀的小屋

弯　月

弯弯的月亮
弯弯的溪流
弯弯的倒影
弯弯的目光
弯弯的思念
流向弯弯的远方

黄　牛

哞哞的黄牛
哞哞的蹄窝

哞哞的山谷
哞哞的小溪
哞哞的夕阳
卧在西山垛

初　春

啾啾的嫩芽
啾啾的土皮
啾啾的枯枝
啾啾的小鸟
啾啾的田野
唱着翠绿的歌

春　雨

叮当的瓦片
叮当的屋檐
叮当的鸡头
叮当的黄土坡
叮当的燕子双翅上
捎来了叮叮当当的春天

静　山

幽幽的远山
幽幽的山路

幽幽的喘息
幽幽的脚步
幽幽的背影
定格成一朵
幽幽的白云

静　夜

咕咕的泉水
咕咕的蛤蟆
咕咕的树林
咕咕的野鸡
咕咕的山月
领着咕咕的星星

《梁祝》

清纯的舞台
清纯的灯光
清纯的丝弦上
升落着清纯的日月
清纯的一双眼睛里
飞出两只清纯的蝴蝶

小青蛙

河水哗哗哗

水里游着一只小青蛙
小青蛙呀小青蛙
总嫌妈妈爱管这来爱管那
偷偷离开家
啊,乐哈哈,乐哈哈

河水哗哗哗
水里游着一只小青蛙
小青蛙呀小青蛙
离开妈妈没人疼来没人夸
赶紧喊妈妈
啊,泪花花,泪花花

粽　子

青青的粽叶
像汨罗江
洁白的糯米
像屈原
那一颗红枣
便是江中的夕阳

青青白白
棱角分明
一颗红心
便是粽子的内涵
粽子

成为中国文化的意象

投入江中的粽子
能否保全屈子的肉体
狗鱼们牙齿尖锐
扑向粽子
将夕阳撕粹成满江红

善良是老百姓的墓志铭
邪恶是狗鱼摇晃的旌旗
守望端午
应当守望屈子的灵魂
粽子
是播种在中华文化土壤里的
种子

长城古月

有人说,长城是一具枯骨
横亘在岁月的沙漠
那一轮残月
是一把战火冶炼出的腰刀

有人说,长城是一架古筝
不同的人弹奏有不同的感慨
那一轮残月
是历史老人落下的一只拖鞋

可我坚信
长城是一条通向未来的车轨
横跨十万大山之上的双轨
历史的巨轮
碾过的声息
时时在我心中激越
那一轮残月
是屈原放飞的一只白鸽

时代的动车
在长城的脊梁上提速奔驰
总能把世界的眼球
放成地平线上闪烁的贝壳
那一轮残月
是中国人时时冲锋的号角

中国女人写意(组诗)

慈　禧

精雕细琢的假指壳
很长,很长
如老鹰的利爪
轻轻吹一口气
叫声 :小李子
然后,把千年雄鸡抓成
哆嗦的兔子
可对鸦片和腐败的双管猎枪
逃如惊弓之鸟

武则天

帝王都认为自己
功盖大地
德高蓝天
浩浩碑文
岂能圆满
而武媚娘的巨碑
像矗立的麻将 :白板

有人说媚娘智慧
不着一字
任历史后人评说
尽得千古风流

有人说媚娘孤傲
一块石碑
怎能陈述尽自己的功德
抑扬千言
不如不说

有人说则天无德
一张白板
像一张口
吞食了人性
还有脸说

有人说碑文早拟好了
来不及雕刻
或者后人不愿雕刻
与武媚的智慧无关

谜语一样的效果
传奇一样的悬念
朦胧诗一样的质感
有一双仰视的眼睛
就有一篇即兴的铭文

我感觉石碑像一片蓝天
镶嵌着繁星的眼睛

儒道的学说
把中国历史板结成纯粹的蓝天
男人的蓝天
这块独一无二的无字碑
是武才人把龙的软脊抽出来
插成自己的墓碑
她又认为平庸的男人如俑
本该无头

王昭君

红墙绿院如一把锈锁
锁住了你
你从五彩宝座的底下
爬向索道，爬出锁口
飘成草原的祥云
可红墙绿院里
不知有多少水做的女人
变成白毛女或白发魔女

西　施

饮尽天下的苦胆汁
才能：沉鱼落雁

羞花闭月
然后，把自己融化于
山水霞光
东施，仍然是反衬之笔
美，却原来是用苦胆汁
煎熬出的意象

花木兰

一腔女儿红
让须眉一唱三叹
或汗颜虚脱
而那双大脚粗手
在中国爱情的标尺上
合辙押韵吗
花木兰说，不能让历史
拖着男人的单翅
滑翔

秋　瑾

血肉之躯铸就的长剑
柔软而锋利
劈刺黑夜，劈刺滚云狼烟
刀光剑影，殷殷红血
在苍茫的天幕上
组合成遒劲的狂草——

东亚有病夫

中国无弱女

欲望与生命

没有多余的生命
只有多余的欲望

生命如果是彩色气球
无休止的欲望是一根针

生命一旦被欲望引燃
灵魂只能存放在天堂

欲望只是生命的润滑剂
信仰才是生命的发动机

秋　风

秋风像顽皮的孩子
捡拾我身后的脚印
像捡拾一团枯黄的树叶
像捡拾河滩上的贝壳
而对老牛留下的蹄窝
无可奈何，向着蹄窝的积水
撒了泡尿
匆匆离去

鸡叫了

鸡的叫声
像一把剪刀
把黑夜剪开了一道长长的缝隙
黎明溢了出来

据说,鸡叫了
各种没有附体的魂灵要匆匆离去
否则魂烟散尽
城市森林没有鸡叫声
所以魂灵像耳边嗡嗡的蚊子
不分白天黑夜

鸡叫了
唤醒了许多梦中的人
又回到周而复始的劳作
也唤醒了难民、爆炸、地震、台风
鸡叫告诉了人们
人生是短暂的
苦难是长久的

鸡叫了
世界又开始了涌动

我在乡下的屋檐下
倾听蟋蟀的叫声和翼动

残　月

冬天在树梢上
吹着口哨
口哨声像一把生锈的刮胡刀
将我的脸刮的生痛
而孩子说
蓝天上的那把金镰刀
真美,真好
太阳正用那把镰刀
收割长长的胡须

伤　疤

对于生疮起疱的伤疤
生命总发挥极致的修复功能
对于动刀缝针的伤势
生命用疤痕记录着疼痛

一个生命
就是一个浮游生物
不断寻找生存的绿洲或独岛
一辈子的跌跌撞撞
总留下无数的伤痕
不是所有的人
落入好了伤疤忘了疼的宿命
而是伤疤太多
生命简直是伤痕的记录仪
全靠刷新删除的功能

每一个伤疤锁着疼痛的故事
每一个生命用伤痕记录着年轮
伤疤是一把青铜锁
一旦遇到合适的钥匙
伤疤像一枚勋章
闪烁生命的光辉

人　生

有人说
人生是个抛物线
高度不同
落点一样

有人说
人生是一条河
长度不同
方向一样

有人说
人生是一块石
密度不同
雕技一样

有人说
人生是一座彩虹
宽度不同
色彩一样

有人说
人生是一块金

纯度不同
光亮一样

有人说
人生是一趟单程列车
站点不同
速度一样

三岁难民艾兰

倒爬在海岸边
像海浪冲上沙滩的一枚贝壳
灵魂已和妈妈哥哥一起
飞向欧洲的天堂

大海用海浪
母亲般地抚摸着艾兰
艾兰睡着了
和许多贪睡的孩子一样

金黄的沙滩
是一张席梦思床
爬卧的小难民艾兰
还在梦想幸福的天堂吗
难民的天堂
就是炼狱和死亡

望着这张照片
整个世界沉默了

小艾兰
原谅大海吧

绝不是她剪断了你的翅膀
将你丢弃成沙滩上的贝壳
刺疼世界的心脏
据说,蛇头就是自己的父亲

第四辑 火之红

红缨枪

若说历史是一种厚土
红缨枪就是一株株刚劲的红高粱
成熟于抗战的原野

眼前的鞭影
心尖的寒刃
头顶的呼啸
不知夭折了多少甘蔗林
中国的矮杨苍柳
终于被一种信念和精神
点燃
燃烧成节节发力的长矛
热血积于细长的脖子
化为鲜艳的红缨

红缨的意义就是烈火和酒
就是以血性的头颅
面对黑城似的敌人
而成为洞穿黑暗的闪电
在红缨枪的枪尖上
打坐
心血如潮

荡气回肠
总能修炼出正义的丹田

太平湖

白云飞鸟,在湖中
游鱼垂柳,在蓝天
阅读太平湖
如读一篇散文诗般的碑文
湖水中那个不倒的灵魂
就是碑文的中心

一位先生,将自己的生命
挥舞成如椽之笔
饱吸太平湖水
描述北京万家灯火
描绘北京日出日落
在中国文学史册
篆刻出一个不朽的笔名

如果历史是一座建筑
先生以百姓为砖
以真实为钢筋
以真善美为混凝土
如果艺术是一座殿宇
先生的主题是百姓之饥
百姓之苦,百姓之乐

如果精神是一项工程
先生告诉人们人生的本质
就是老舍,老要舍弃
乃至生命

当代的许多艺术
被权钱招安
一个用露珠凝成的灵魂
渗透了百年文学

太平湖,在我的心里
是一块灵魂之镜

印象宁夏

一粒枸杞，是一张红红的脸
一块乌金，是一块块坚实的肌肉
一块贺兰石，是一块块纯正的骨骼
一丝发菜，是一丝丝乌黑的秀发
以山窝或大漠的明月为眼睛
凝望长河落日
对视山浪星河
这是印象的宁夏

一块贺兰石，灌录着远古的马蹄声
一根朔方草，传承着岳飞的龙马精神
一座六盘山，挺拔着中国龙的刚毅和意志
一院影视城，串联着黄河的昨天、近日和明朝
以雄鹰或苍龙为基因的滩羊
活着，纺织出蓝天、白云和草原
死后，也用一腔正气，摆平黄河
摆渡苍凉，摆渡生活
这是印象的宁夏

一张滩羊皮在战火狼烟中你撕我掠
一张滩羊皮，承受着匪帮的蹂躏践踏
一张滩羊皮上，鲜血总与刀枪对话

一张滩羊皮上，风沙和饥饿肆虐
一张滩羊皮上，礼拜着一个民族的虔诚和坚贞
一片跪拜的白帽帽
像一片盛开的圣洁的白莲花
镶嵌在祖国的版图上
这就是印象宁夏

一粒枸杞，点缀遒枝，渐渐放大
那是一种宁夏的诗歌意象
对于宁夏人，她是一颗心啊
澎湃的、民族的、执着的
对于明天，她是一轮朝阳
希望的、蓬勃的、红润的

一只凤凰，腾空于黄河浪尖，逍遥天宇
那是一种宁夏的散文意境
烈火中涅槃、涅槃中再生
飞出了塞上江南，翔出了西北明珠
翼翅掠过的地方
都会生长出天使的透明羽翼

假如，祖国是一只雄鸡
台湾、香港是两只钢爪
那宁夏就是神鸡舒展的翅膀
宁夏扶摇而上
祖国腾飞于世界民族之林
像冲破天浪跃出六盘山的太阳

小院春色

杏花，有一枝
从叶绍翁的角度
爬出了历史的墙头

柳永似的蜜蜂
吟诵着粉红的长短句
春风李白
在花与花的缝隙
飘逸

唯独杜甫
以笔为剑
挥斥杏花
花瓣如雨
飘向李清照的情怀
飘向曹雪芹的笔尖

院中的姑娘
是最后的杏花
是一朵不愿坠落的痴望
和一地粉红的笑声
形成对比

我的心田
只有春季

溪水飘载有思想的杏花
春枝长出青杏的眼睛
千古江山
不如爬出墙头的红杏

送给女儿新婚的祝福语

女儿,你好好看看
这是咱们的家
你曾经在这里生活 20 几年
这里的物景,我们不曾改变
你应该历历在目
铭刻心间
这是你的闺房,还是那么的凌乱
但在爸妈的眼里是一片美丽的草原
这是你的玩具,这是你的书柜
这是你曾经睡过的床铺
老爸老妈想你的时候
经常进屋去看看
一看就是半天
最爱吻留下你的气息的枕头

那年,那月,那日
是我们最幸福最快乐的一天
那日夜晚,随着一声清脆的啼哭
女儿降临到了人间
你的出生
就像曙光一样,照亮了产房
温暖陶醉了父母的心

于是，世界就有了一个新的乳名

你是父母的月亮
你是父母的太阳
你是父母生命的黄河长江
你是我们的泰山
因此，我们爱你，我们的孩子

我们爱你，是因为你俩从小就懂事、听话
你还在上幼儿园的时候
老师就说你是一个聪明的孩子
自强自立，钓鱼爬山，拉琴打拳
竞赛跳舞，篮球运动，金榜题名
样样领先
我们爱你，是因为你孝悌善良，
你敬爱老人，不管是爷爷奶奶，还是姥姥姥爷
我们爱你，是因为你关爱他人，虽然是表亲
在小弟小妹面前，总显大姐风范
我们爱你，是因为你热爱生活，热爱事业
你读书时，是好学生，工作后是优秀的职员
你处事随和，到哪都有好人缘
我们爱你，是因为你心胸坦荡，不慕虚荣
你正直坦诚，不卑不亢，阳光灿烂

如今，你将成婚，你真的长大了，成熟了
此后，你将有一个自己的家
将开始新的生活

柴米油盐酱醋茶,相夫教子,养家糊口
都在等待你勇挑重担
你将经历一个女人和一个母亲的考验
父母相信,你完全能够用智慧和善良的心
建设好自己的爱巢
努力吧,我们的孩子
当你付出辛勤的劳动和汗水,得到收获时
你的心才会满足,你才会觉得幸福
放心吧,孩子
父母虽没给你丰厚的礼品,而我们的心是你的
我们永远是你的坚强后盾
快乐的生活吧,我们的孩子
爸爸妈妈衷心的祝福我们的孩子
一生幸福,一生平安

我们对你的爱恋胜过了自己的生命
但父母从一开始就知道
孩子早晚有一天会像鸟儿一样飞走的
我们很高兴你找到了自己的所爱和爱自己的人
希望你能像爱自己妈妈和爸爸一样
爱丈夫的妈妈和爸爸及家人
孩子,祝你们幸福
希望你以后的生活,幸福,美满

游西湖

在雷峰塔的高度远望
西湖就是一碗绿茶
一棵棵苍劲的梧桐树
如一瓣瓣站立的女儿茶
绿浪如烟
远去了千年钟声

雷峰塔被百年的文人们用笔掏空
轰然倒塌
可爱情化身的白娘子没有飞出
依然是千年等一回的传说
倒塌的塔身上撒满星星似的钱币
完全够白娘子返程的盘缠

秦桧肯定没有拜倒在岳王脚下
历史让他叩拜
后来的君王让他叩拜
百姓让他叩拜
都有各自的角度和思想
我觉得五花大绑的秦桧
像孙悟空一样只施了个定身术
漫游苏堤

置身柳下
真正感受前人种树
后人纳凉
想起了久负盛名的东坡肉
欲把西湖当酒坛

至于武松与苏小小
是否葬于湖畔,我很怀疑
历史是创造的,也是捏造的
但只要有痴情人
断桥永远不会断
三潭的奇迹
就是在碧水深处
幽居着月亮美人

沿湖的歌手
动情地唱着涛声依旧
沿湖的画家
勤奋地画着许仙和白娘子及法海青蛇
碧波上徐徐而行的雕梁画栋
让人产生穿越的错觉

西湖很美
她将阴柔之美演绎至极致
像酒一样闪烁着蓝色的火焰
可身处在黄土高坡的一位朋友画家
指着西湖说

她就是一个美丽的涝坝
充其量是一块中国文化人的砚台

中国大妈

在中国的生态版图上
中国大妈
像一群出没森林的大象

黄金在世界舞台上
一直是赤裸的皇帝
曾几何时,却被流放
中国大妈送吃送喝
硬用自己的实力解救皇帝
华尔街虽然没几个中国大妈
华尔街好像握在中国大妈的手上
中国大妈,真彪
如今,中国大妈
似乎被华尔街牵在手上

哪里有广场
那里就有广场舞
那里就有中国大妈
中国流行什么风
中国大妈就跳什么舞
黄昏时分,太阳爬楼
铺天盖地的音乐

伴随着顶天立地的中国大妈
最炫的舞姿
成为中国夜晚最炫的风景

最近,有人又炸作
中国大妈卖掉了房子
坐着阿里巴巴的神毯
冲击了股市
金牛出海
气冲斗牛
牛气冲天

中国大妈的队伍
我觉得加夹着许多中国大爸
关于中国大妈
说不好
不好说
不说好
但我感到井喷式的中国大妈
具有龙卷风的速度和力量
让我联想到铁扇公主及红孩儿
以及牛魔王

城市的肠子

城市底下的管道
是城市的肠子
一群头戴黄色头盔的大夫
一会儿切开城市黑亮的肚皮
一会儿做个微创
甚至将自己变成探头
深入到城市的腹腔里
摆弄着这些肠子

假如,假如没有黄头盔们
城市会怎么样
可这些脏兮兮的大夫
能受到几分敬重

背着沉重的十字箱
消失在迷彩中
喧嚣声淹盖了肠鸣的交响乐
城市跳着大妈舞

以刺刀的尖锐与亮度逼近六月
——献给高三的同学们

眼前的黑板，似黑海
粉笔的帆非常脆弱
公式，定律，哲理和指南针
导引我向黑色六月挺进
许多清晰的轨迹、坐标和日记
时时被板擦的浮冰撞击成飞沫

于是，沉闷的暗礁
在叹惜的云山雾海中时现时隐
目光焊割资料的钢板
笔在纸的死海上冲杀
我如一艘破冰船
撞击着人生产第一个冰川
有时，也举目远望六月的地平线
一轮红日，光芒四射
凝视久了，顿生黑洞的感觉

如龟裂的土地，渴望春雨
而许多深重的爱，却如汽油
如孤岛企盼沟通
而许多索梯被激情烧得红亮
如绿苗拔节，需要化肥清澈

而往往被绵绵的秋雨包围……
逼近六月的我,如一只墙角的蟋蟀

饭桌上的叙乐,我失去了
电视前的微笑,我失去了
绿茵上的角逐,我失去了
巷道上的戏嬉,我失去了
窗前的斜风细雨,我失去了
禁锢在桌上的我
不是斗牛,眼前抖动着三尺红布
不是赛马,眼前紧贴着栅栏
不是精卫鸟,面对文山题海
我不下地狱
谁下地狱

黑板模糊了
我戴上瓶底瞭望
钢笔枯干了
我饱吸黑夜的墨汁
课本读毛读破了
我用心线一页页装订
逼近六月,是我唯一的选择
接受挑战,是我选择的唯一
十年沉积的岩浆啊
六月是突破排空的季节

六月像夜幕,徐徐降来

六月如钩月，渐渐丰满
六月似阵雨，从远山扫来
也许我是苍海里的一颗流星
也许我是元宵的一轮明月
也许我是接受雨鞭抽打的杨柳
甚至，我掐死想象与联想的绿芽
只靠抖抖索索的触须跋涉

一句宽慰，像春风令我几多感动
一线鞭策，像号角令我几许鼓舞
一丝嘲讽，像冰雹令我几何感慨
我在波峰里学会了宽容与自信

我只有一个祈求
当我从浪峰上摔下来时
能躺在母亲博大的胸怀
然后，再把我抛起来
至于许多斜视和白眼
我会化解为一种奋进的动力

逼近六月
以刺刀的亮度和尖锐

高考(上)

高考是中国青年的成人典礼
十年寒窗
一年冲刺
羊群似的飘过青春的草原
然后像勇往直前的角马
浩浩荡荡地趟过马拉河

内心高唱着《忐忑》神曲
把父母的希望化为一炷祈祷
好像腾空而跃的鲤鱼
飞越人生的第一个岸堤

高考曾经的确是上帝从天堂
给农家子弟垂下的悬梯
可如今爬上悬梯
真的能登入天堂?!
广阔的原野
真的就是地狱?!

社会如一个金字塔
生活如一个金字塔
人生如一个金字塔

塔上的层层台阶上
散落着鹅暖石似的叹息
塔顶闪烁着孤寂的舍利

其实，平常心啊
常平心
心平常
心常平
人生的最美风景
不仅仅在塔顶

高考(下)

两天的高考像消声器
消除了大街小巷的喧闹
世界耸动着耳朵
谛听考场沙沙的飞笔声

两天之后
红尘又开始喧嚣
只有与高考有关的考生和家长
静静地躺在床上
有时在肚皮上算计着前程

金榜是一座金字塔
塔尖的欢呼
塔下的唏嘘
许许多多的学子家长
远望一下金字塔
开始闭关
痛定思痛的感受
像一叶舟独行大海

人们为塔尖的状元
投送火一样的热情

谁还为塔之外的失落和挫败
递上一把折阳伞

好像高考的龙门
将鲤鱼分为三五九等
从此,距离产生了悬殊
冷漠滋生了冷眼

一列火车又要远行
清华之类是软卧
重点之类是硬卧
二本之流是硬座
其他的都是硬站
四年之后的生活列车上
还是这样的等次和景观

鲜花掌声总献给显眼的风景
这已成为浮躁社会的习惯
利益驱动着冰与火的势力车轮
能走多远？！

不过,经过高考洗礼打磨的学子
的确感受到夏天里的冬季
她们在人生路上
会走得更快,更坚毅
于无声处
建构起自己的人生花园

那年　那月　那日（朗诵诗）

男：

那一天我走过村头

那一天我站在校园门口

那一天是红日喷薄的早上

那一天是红叶遍山的金秋

女：

那一天你微笑着向我走来

那一天你拉起我的小手

那一天

我随你走进教室

你轻轻地拍了拍我的肩头

男：

那一天我在黑板上画了可红心

说这就是我们梦想的源头

有了它

无论周围是黑是白

无论眼前风雨雷电

生命之树都会四季拍手

女：

那一天

话题就从红心里源源流淌

从那以后一颗颗红心
就开始了千里万里的追求

男：

从那以后
宁静的课堂
总能听见生命拔节的声音
从那以后
厚厚的课本
就如生命的阶梯
而不再是硬硬的砖头

女：

从那以后
我们注定要长成大树
从那以后
您日夜为我们整枝浇水
就那样
我们习惯了
沐浴你脸上阳光般的暖流

男：

从那以后
我们习惯了春蚕和夏蝉
从那以后
我们一面挺拔向上
一面让欢乐伴随着鸟语
在智慧的大森林里
幸福的啁啾

热烈的飞翔

女：

从那以后

我总是把千头万绪的想法

和千奇百怪的举止

在你面前表露

从那以后

每当我从睡梦中醒来

还经常看见

不眠的灯火

闪烁在你的窗口

男：

我总是看见

流水般的孩童

一脉脉走进我的视野

我总是看见

长成的学子

目光里充满眷恋

紧紧地抓着我的大手

女：

我总是看见

离别的时刻

你眼里蕴含着欣慰和祝福

我总是看见

眼前的道路不停的呼唤

远去的学子

把感激的泪水
洒在校园的门口

男：

终于有一天
你像羽毛丰韧的雄鹰
即将冲上蓝天
离别时
任凭情感在心海里汹涌
却一步步离开
没有回头

女：

我们怎会不知道
每个日出和日落
多少清贫寥落
都由你自己承受
我们怎能不知道
春去秋来
多少风霜雪雨
积压在你的肩头

男：

多少年来
一双眼睛
一直凝视在你们的身后
岁月渐渐老去
回想你们的笑容
却依然灿烂在我的心头

每一丝黑发
都为我染上骄傲的霜雪
每一道皱纹
都给我画上的一个个赞许的对钩
女：
亲爱的老师
我们知道
任何语言和财富
都不足以表达一份崇敬
都比不上如此深厚的拥有
男：
我知道
任何回报都显得苍白
那就让我把那一颗红心
开放在每一个金秋
女：
请清风
捎回岁月深深的祝福
请归雁
带回大地永远永远的问候
此时此刻
回望母校
心中依旧涌起一袭袭暖流
亲爱的老师
此时此刻
我们再请您批阅我们人生的答卷

此时此刻

您千万个学生

同时向您挥手

男：

那就让我们举杯

为一年年的春天干杯

合：

为真诚和明天干杯!

蚊子的力量

平静的空气像黑色的绸缎
蚊子俯冲下来
叫声像一把锋利的剪刀
于是,剪碎的静宁
飘落一脸,一地
蚊子不知去向
任你再三痴情地寻找

似乎进入祥和的梦乡
耳梢鼻尖又有蚊子掠过
那声频不亚于日本鬼子的轰炸机
使我下意识地用手甩打
一屁股坐了起来
屏住呼吸
聆听轰炸机的去向

蚊子睡着了
我却圆睁着眼睛
夜静得能听见蚊子的磨牙声
和梦呓

曼德拉

战斗在黑白世界
黑色的世界
眼睛滴血
喷射着愤怒的火焰
白色的世界
眼睛血红
放射着贪婪的欲火

囚窗的光明
切割者牢房的黑暗
监狱的黑暗
也成为白色世界的阴影

曼德拉,手握
在炼狱中磨砺出的正义之剑
劈开了
黑色世界身上的一道道枷锁
也伸出黑色的善良之手
解开了白色世界心灵上的绳索
黑与白的融合
并没有成为遮天蔽日的雾霾

南非的曼德拉
世界的曼德拉
老顽童似的曼德拉
静静地走了
给黑与白的世界
留下了什么
多彩的世界
能留下曼德拉的精神和魂魄?

马拉河

浑浊的马拉河
像一道拉链
将辽阔的草原
拉开成两半儿
让两边的角马斑马鹿儿
在鳄鱼狮子斑狗的牙齿的舞台上
上演生命的坚强和悲壮

马拉河啊
即使一条母亲河
又是一条高悬的绞索

懂 你

或许,我应该早一些认识你
在一片月光下
读懂风旋起的
那一缕温柔
和比星星深邃的眼睛
比海绵还要柔软的语言
你总是拥着生硬的风衣
在一次次梳理头发仰头时
呈现出冰凌的坚硬

我愿意再靠近一些
近到,能揭开月光的层次
触摸到感情的温度
和心跳的节奏

其实,哪一朵花
愿用夜色
包裹自己的风韵
哪一轮月亮
愿用乌云的黑纱
包裹自己的丽容

我想对你说
我真不懂你
如月光不懂得朦胧
我又想对你说
我真我想对你说
懂你
如星星懂得一轮弯月

黑　夜

天黑了
我不愿拉开灯泡
让纯净的黑夜涌进门窗
包围自己
将头颅深深垂下
享受黑夜赏赐的宁静

喧嚣中会失去很多
甚至失去自己
使我想起玻璃上的蜜蜂
或者苍蝇
当我和黑夜融为一体时
我发现了自己
认识着自己

哪有不停泊的航船
哪有不飘落的绿叶
道路可以高速
生命不能立马飞到终点

我喜欢黑夜
如同城市封死窗户

拒绝阳光
我喜欢黑夜
如同冬天蹲在墙角
感受着太阳的抚摸

阳光让我看清一切
目眩的世界
你能看清什么
倒不如在黑夜中
看清世界的轮廓
看清自己的脉络
用生活历练的法眼

我在黑夜看着自己
如同星星看着世界微笑
月亮看着溪流
漂流

玉兔登月

嫦娥私奔
与玉兔相依为命
吴刚的桂花酒
灌醉了天底下的有情人
屈原投江
永远投进了江中的月宫
李白邀月
月儿醉卧在夜光杯中
杜甫遥望一轮乡愁
东坡起舞弄清影
余光中眼中的海峡波光
是月光凝成的一把把刀子

地球上,没有哪一个民族
能比得上中华民族
将个人的喜怒哀乐
和上下五千年的心灵之光
融入阴晴圆缺的月亮
月亮,为中华民族而升
中华民族
为月亮而生

你问我爱你有多深
月亮代表我的心
玉兔登月
是华人五千年的梦
三万八千公里的云和路
是华夏子孙的征程

玉兔登上了月球
在铺满目光的月面上
留下了中国脚印
笔直的脚印
深深的脚印
新鲜的脚印
永远的脚印

如果中华民族定睛凝望
每一双眼睛射出的目光
衔接成穿越时空的双轨
玉兔会跳跃浩瀚的星海

煤　殇

电视屏幕的底端每天打出一行行小字
一行行小字陈述着地球上的事情
中国的矿难和伊拉克战乱本无关联
但死亡人数高温似的攀比，和禽流感一样
由磁引人的眼球，揪拔人的心脏
到：噢，今天又死了几十，到熟视无睹

一眼煤窑的洞口像地球母亲深陷的眼睛
默默地点数着早进晚出的脏黑的儿子
为回归的高兴地流泪，为走向不归路的悲恸
这只眼被许多扯心的事烧干了眼珠
而像阿毛长阿毛短的祥林嫂的眼窝
甚至变成巨蟒的大口或生活的黑洞
尽情宣讲着生产和生存的恐怖主义

一眼煤矿的洞口像一张贪婪的嘴
吞下一个个鲜活的生命吐出一节节煤炭
每当我用煤块烧红了生活和烧热冬天时
总疑心一块块煤炭就是一个个不归的灵魂
在炉中用火焰诉说社会底层的酸辛
以及对生活的火苗般的热爱与希求
从象征意义上讲煤矿工是挖掘太阳的人

像蚯蚓，像地底下的蝉，像拉车的老黄牛
从黑夜走向黑暗，从繁星走向繁星
让血汗凝结成的黑煤块运出千米坑道
走向生活的四面八方
把煤炭寂寞的精神化为激情燃烧的岁月

太阳奉献了自己的一束束光芒
甚至还要奉献自己的生命
可他从生活中获取了多少 有谁关心
甚至我敢妄言：中国有千万个诗人
但为现代煤黑子写赞美诗或同情诗的
此时，可能只有我一个人

中国煤事套用赵丽蓉先生的话：黑，真黑
瓦斯、塌方、洪水是一只阴险的老狗
官僚腐败是一只绿眼睛的狼狗
官煤勾结一只红眼睛的豺狗
歌功颂德是一只戴眼镜的哈巴狗
地方保护主义是一只拄着拐杖的脱毛狗
黑恶势力是一只丧心病狂的疯狗
一群狗扑向煤矿工人撕咬不停
什么是矿工手中的铁棒，什么是矿工坚实的靠背

是的，如今有气力没有知识的人只能下井
因为一块煤如小麦一样放射一束光芒
他们借助这束光吃饭、穿衣、住房、生儿育女
养活年迈的父母，供养弟妹子女读书

看病，像沙棘，过着骆驼的生活
可谁知煤既是他们生活的太阳
又是他们死亡的黑洞
尤其是每天面对一群穷凶极恶的狂吠

谁能拯救

中国的煤黑子像秋夜里的寒星
在生与死的边缘上升升落落
在生活的黑暗地带闪闪烁烁
在父母妻儿企盼的眼睛中乐乐呵呵
在各种警灯的灯光下呻吟惊恐

每当生活的马蹄从我的血管响起
每当生活的鲜花在我的心田盛开
我总疑心动力之源的煤炭
是一个个坚硬的黑色幽灵
在各种炉中,用光与热
祝福世界,诉说酸辛,渴望再生

天 问

小时候
总说
这是我的
那是我的

长大后
才明白
这不是我的
那不是我的

如今,年逾知命
才知道
自己的命
也都不是我的

九十之后
不停地追问
我是谁
谁是我

哭　墙

哭墙
是通向上帝的邮箱吗

众生,把一切苦难
用心的键盘
敲击成沉重的祈祷
渴求另一头的上帝
救赎

如果把苦难催生的泪水
汇聚
在泪水的地中海
在泪海最深的地方
上帝正在熟睡
以最伤心的一句祈求
作为一块席梦思床

当哭墙成为苦难的最后岸堤
泪水从一个世纪的高度
冲出,悬挂成愤怒的瀑布
然后化为熊熊的火焰
将哭墙乃至加沙地带

再次烧毁

尸体,一次次被历史
砌成一段段高矗的哭墙
孩子们和上帝一起
又在面壁哭泣

乞讨的老夫妻

1

你看着世界
世界看着你

你笑了
世界就笑了

你哭了
世界会哭吗

你装点不了世界的梦
梦装点着你的世界

2

一生的家当
老伴儿枕着

路边的一只碗
盛着来来往往的目光

手握一袋烟锅
让白胡子解释人生和岁月

老伴儿的梦中
有你凝痴的目光

城市的狗不咬人
两根棍摆在路基旁

身后的葱绿啊
不是青青河边草

我不相信自己的眼睛

眼见为实
耳听为虚
这只是过时的古训
请不要相信
自己的眼睛

生活已变成千姿百态的天桥
太阳已变成随意定向的聚光灯
天桥上走秀的
早已把你我仰视的双眼
作为闪动的快门

看到的红艳艳的香山红叶
也许是涂上苏丹红的枯叶
看到的明代的景德镇

也许是前天开张的泥作坊
看到的蓝天白云和海蓝蓝
也许是电脑制作出的一帘春梦

我不是不相信自己的眼睛
而是眼睛时时欺骗了我
扭曲了我眼睛的焦距
褶皱了我心灵的底片

高大的雷峰塔
难道不是低矮的山神庙
清清的河流
难道不是恶臭的温床
我不敢相信自己的眼睛

我不是不相信自己的眼睛
因为它时时欺骗着我
我只相信胸膛中
那一只跳动的红红的眼睛
才能将画皮洞穿看清

权　力

权力的一半儿是天使
权力的一半儿是魔鬼

以我为圆心
以我的欲望为半径
画圆
圆圈内
正义荒芜
民怨丛生

时代在呼唤
把权力关进制度的笼子
让权力在阳光下运行

生活在拷问
魔鬼就变成了天使了吗
谁来编制笼子
谁来掌控权柄
谁又来观测天象
测度阳光的纯粹?!

天使姗姗而来

苍生翘首以待
天使抛撒的花瓣儿
落到哪里
那里就盛开幸福之花

我十分不愿意
我的权力
在我高举的拳头上
喷射
喷射
喷射

第五辑 土之黄

母　亲

母亲,总想用自己的目光
将孩子的人生路铺平
弯弯曲曲的山路上
没有路灯
却悬挂着一盏盏明亮的叮咛和牵挂
儿行千里
路灯总是相伴,延伸
时时照亮儿女的梦

其实，我想说

春天到了
虽然寒风在骨缝间打着旋腿
一剪寒梅指点着披着烂羊皮袄的秃山
山鸡抖抖索索地寻觅着野兔的踪迹
犁铧在山坡书写着老牛的艰辛
但我要对城市说
我爱西吉这块凝重的土地
不是固执，而是淳朴与热情

夏天暴露于山间田野
也热，纯粹的阳光像麦芒一样尖锐
因为缺水，汗滴也珍贵地流成珍珠
拿蓝天洗澡，用白云擦汗
躺在树荫下，面对起盘的雄鹰
听山风和绿叶热情交谈
其实，我想说西吉很美
因为城市拥有的西吉少有
西吉拥有的城市没有

满山秋叶，满山金黄
落叶搅乱了人们的视野
遍地尽是黄金甲

落叶可不是什么垃圾
她是这块土地的生命音符
和麦码子洋芋山一样
其实,我想说
奋斗了一年的山里人
面对一沓钞票还是心里没底
看着麦仓和洋芋窖心里殷实

冬天是这块土地躁动的时刻
盼雪花情书似的飘落
却迎来干烈的西北风
检阅着长征过的群山
但一炕亲情或一台社火
足以抵抗寂静的长夜
其实,我想说
乡村散漫的生活像舒伯特的小夜曲
胜过城市灯红酒绿的迪斯科

西吉,我爱你
不只因为你养育了我

舌尖上的西吉

怎能忘锅锅灶上出炉的焦黄
烫手,烫唇,烫舌
强忍着吞下去
像吞下了一块通红的木炭
从食道到胃,滚热了起来
别忘了下一口咸韭菜

荞面搅团蕴藏着亲情
擀面杖越搅
亲情越紧实柔缠
葱花炝过的醋和捣黏的蒜
征服你的味蕾
缠过了搅团,登上山顶
吼一声秦腔或花儿

看整体很厚
揭一层很薄
柔软如棉,圆润如月
千层饼儿抖皮袄
就着腌黄菜和鸡蛋汤
能吃出黄土的醇香
和岁月的绵长

一口大铁锅里卧着一只羊
用文火慢慢地清炖
等到满村庄弥漫羊肉的味道
等到人们的鼻子东张西望
撒一把盐,再注入调料
撕成大件,端上炕桌
手抓羊肉
美得蘸蒜呢
吃肉不吃蒜
味道减一半
蘸蒜的日子
才叫好日子

舌尖上的西吉
也是舌尖上的黄土高原
有味了才能有道
我真心祝愿大家
阿哥的肉肉面片子
稠稠地捞上一碗

石　磨

小时候,最害怕在半截窑洞中推磨
以磨轴为圆心
以磨担为半径
以我胸或高举的手为动力
以我双脚为圆规的铅笔芯
沿逆时针方向画圆
无休至的圆
圈定了我的童年
最渴望圆的尽头
飘荡着磨缝中挤出的洁白如月的饼香

窑洞的墙壁上凿了个洞
放着一盏昏暗
怎能做我双脚的眼睛
最恨和我一样的驴
将磨堂的路又踩又尿
变成深深浅浅的睡梦

半截昏暗
半截星斗蓝天
轰轰隆隆的节奏
和轰轰隆隆的肠鸣

构成山区少年的交响曲

现在的石磨
成了文物级的景点
从石臼到石磨
古人走了几千年
从石磨到机械
今人走了几十年
其中,十几年的路程
属于五六十年代的山区少年

石磨推起来很沉重
磨堂的路走起来很遥远
却推出少年的刚毅
却走出了少年的铁脚板

看见石磨
我很感念
不是老了的怀旧
而是心在滴泪

寂寞的村庄

一个个庄院，像补丁
缝补着狭长的山沟
也缝补着悠悠岁月的漏洞
一棵棵杨柳树，像仆人
守望着一户户农庄
也守望山沟里的光阴

60 岁以下的男人
用准备好的钢牙
啃咬城市的钢筋
早已习惯了候鸟的习性
孩子妈陪着孩子
在镇上或县城的学校
耕种着家庭的希望
庄院的门口拴着一条狗
守望着炕头上的老两口
老两口守望着墙头上蜗牛似的太阳

一条山路
消失在老人的眼中
也消失在山的尽头
白天，野鸡和狗的叫声

像老人转动的眼睛
夜深后
老人的咳嗽和一声长叹
把夜砸了个幽深的洞

记忆中的煤油灯

小时候,爷爷常说
楼上楼下,电灯电话
灯头朝下
这对未来的描述
中国农村的孩子
靠墙倒立,脑袋朝下
也无法想象出情景

长夜漫漫
一盏煤油灯传承着山村文化
长辈口中聊斋式的古经
以及通红圆润的灯芯花
都能令人神往和兴奋

一盏煤油灯
纯粹是母亲的化身
灯下缝补破洞百出的日子
撩拨昏暗的光阴
每每梦醒
看一眼灯下劳作的母亲
就有一盏油灯
温暖孩子饥饿寒冷的梦境

一盏油灯
照明着中国农村
一个个农家子弟
挑灯夜读
总希望窗台上的油灯
引燃黎明

如今,灯见了不少
却不见了煤油灯
能照亮心灵的灯
才算是好灯

故乡的方向

人流
不论奔流
还是漩涡
故乡的方向
总被火车头
指引

背上的行囊
包裹着大大小小的异乡味道
和花花绿绿的他乡色彩
在车架上吱吱呀呀地叫唤
它们也怕拥挤汗湿的乡愁

水泥钢筋的森林公园
乡愁的萤火虫没处飞舞
故乡,在梦中
是捂紧身体的被褥
光阴深处尘封的东西
掸掉尘土
总觉是人生的最珍最贵

故乡的方向

从平原的中心辐射向远方
远方就是交通阻挡的山山水水
远方就是崖沿后的村庄
远方就是村庄深处的那缕炊烟
和那棵老树上萌发春天的鸟窝

行走西吉的滨河大道

说是已到初夏
感觉还是春季
冷风小刀似的
勤快地刮看我的胡须

各种车沿着滨河大道
奔向特色社会主义
三轮车屁股冒着黑烟
比大众快
奥迪像屎壳郎
左右摇摆
我有点纳闷,一看
司机一只手搂着美女
大东风在路边饮水
真像一头秦川牛

行走在滨河花园
少了冬季的凄请
美女少男渐次开放
忽然在矮树丛中冒出一对男女
真像山坡草丛中扑腾出的野鸡
不知是她们吓着了我

还是我吓着了她们
我赶紧离开

我无车可开
就骑着张国老的毛驴
看路两边的韩湘子
透出若隐若现的绿意
何仙姑已干枯成祥林嫂
铁拐李一拐一瘸
顺路拣拾着垃圾

邻居在千里之外
千里却在一指间
别指望我的滨河诗
给你带来快感
周彦虎只是个传说
忽然一位花姑娘向我呐喊
走近一看
原来是我的老伴儿
叫我一同回去

好啦
撒有娜啦
我回家发微信啦

西北老农

长长的胡须 是帆
两条干枯的腿 是橹
心的木船
在波涛汹涌的大山
颠颠簸簸

一双握不紧的茧手
磨断了犁铧
赤脚深入梯田
深耕着黄土
朝阳从脸颊的汗滴里
慢慢升起

塌陷的眼窝
比山沟幽深
皲裂的口唇
笑出一道道血痕
夜深人静时
一声梦中的叹息
将夜砸了一个深深的洞

候　鸟

天刚解除冬天的禁令
向阳的地方
几只麻雀和公鸡
热烈讨论飞翔的问题
飞翔的姿势 方向
飞翔的目的 速度

不论飞到哪里
村口的树林是滑翔地
成群结队或形影孤独
哪里高楼林立
就飞向那里

广场边
鸡群沸沸扬扬
码头边
企鹅纷至沓来
车站中
麻雀叽叽喳喳
城市最苦脏的地方
都有扑腾的翅膀
和飘飞的羽毛

傍晚时分
城市的边缘地带
栖息着天南地北的候鸟
用方言构筑成庄院
身盖月光的被子
怀搂家乡的小溪
紧捂身底的口袋
咕噜着鸟语

候鸟飞翅
总被各种猎枪射伤
既是有一根羽毛
也要飞回故乡
在雪花飘飘的季节

回家过年

过年了，350 多天的漂泊
变成一张紧握的车票
一张汗津津的乡愁
千山万水
怎能阻挡似箭的归心
一年的风尘随风而去
我要回家，我要回家
家是游子期待的澎湖湾

过年了，买上香火纸钱
长跪在疯长寂寞的坟头
如果阴阳一理
苦苦等待了一年的故人
看到平安归来的子孙
定会微笑着偷偷地抹去泪花

过年了，曾经的孤独
化为高高挂起的红灯笼
一家人围成一轮圆月
鞭炮炸起来
酒碗碰起来
击碎心上沉积的

一层层的垢甲

过年了，拜祭天地
拜祭长辈
拜祭往昔的岁月
拜祭来年的日月
一个拜字
几多酸辛，几多留恋
几多期盼，几多牵挂

好好过年吧
过完年
又要告别村庄
泪别老母
挥别儿女
沿着喜鹊牵引的方向
千万里追寻
追寻梦发祥的地方

西吉震湖

山在湖中
湖在山中
一块巨大的鸭梨镜
镶嵌在黄土山峦
像一位江南秀女
偎依在西北汉子的胸怀

天上的明月
静静地卧在湖中
沿着两岸的灯火炊烟
起飞
她注定是从唐诗宋词中
飞出的一只白鸽

谁料想
她曾是苍天的一滴眼泪
蕴藏着山崩地裂
黄天雾地
闪电雷鸣
鬼哭狼嚎
和撕裂天地的孩子的尖叫声
和紧紧相拥的白骨与爱情

远去了破衣烂衫和沧桑的背影
远去了路边的白骨和山丹丹花
扑入我眼帘的是塞上江南
和黄土地的皇冠上的明珠

西吉震湖
是生命与自然的纪念馆
生命在灾难中
渺小而消失
生命在灾难中
茁壮而强大

六盘山

秦时明月，悬挂出六盘山；
汉魏长城，连接出六盘山。
六盘山啊，六盘山
天高飞淡云，金戈策铁马
丝路听花语，沧海变桑田；

伟人巨笔，勾勒出六盘山；
六盘山人，肩扛出六盘山；
六盘山啊，六盘山，
红日漫花儿，山月大叫板；
牛羊飘山腰，土豆金蛋蛋。

六盘山啊，六盘山；
盘盘山路，盘盘追求；
入云端

西　吉

秦长城诉说着刀光剑影
魏石窟讲述着人生沧海
神奇的火石寨啊
像一位披着霞衣的少女
率领一座座黄山
走进新世纪
走向新时代
这就是我的家乡
这就是我的西吉

马铃薯堆出了致富豪情
铁庄稼结出了丰收果实
美丽的震湖啊
像一颗清纯透亮的宝石
镶嵌成黄土高原的眼睛
睁眼也秀美
闭眼也秀美
这就是我的家乡
这就是我的西吉

父　亲

清晨，把东山的太阳
驮到西山顶
一双手，像老树根
在苍天厚土寻寻觅觅
盘点着一家烟火
托举着儿女前程
这个人是谁啊
这个人是谁

傍晚，把西山的星星
挑到东山顶
一双脚，像犁铧
在盘旋山路上颠颠簸簸
点燃一烟锅沧桑
吞吐一胸腔辛酸
这个人是谁啊
这个人是谁

啊，父亲，父亲

怀念父亲

1

你很天真

还想 :吊上几瓶药水

病魔和已往一样

悄悄隐遁

怎知一纸诊断书

像生命的大锯

已将你的生命历程

截断

——六十五年的艰辛

将在黄土高坡上

隆成纸坟

2

你在我的谎言里

呻吟,憧憬

总想站立起来

即使拄着拐杖

总想让一缕暖风

将华白的胡须

吹成生命的旗帜

让自己的子孙

高高兴兴地举着它
前进

3

我天天说着谎言
滴血的谎言
并没有让你站立起来
却使我肉掉十斤
终于,我流着泪告诉你真相
你却笑了
难怪身体每况愈下
原来死神牵着
我的衣襟

孩子,别难过
人生自古谁无死
虽说如此,你掉过头去
一行泪从深陷的眼窝
爬不出来

4

消瘦,巨痛
失语,失明,昏迷
六天六夜的煎熬
像六千六百六十六座石峰

生命像一叶舟
在呻吟的大海里
飘摇浮沉
我绝情地说
父亲,你走吧
快……快……

5

父亲静静地走了
像蓝天上的一挂云
没说什么
没带什么
没吃什么
只留下苍茫和空静

父亲静静地走了
像秋枝上的一片枯叶
我仰视星空说
历经地狱折磨的人
都会升上天堂

安息,父亲……
眼泪的深度
就是我与父亲的距离

6

的确，我时时思念着病故的父亲
静躺在床上，让泪水慢慢地流到耳窝
我前面的那位行走迟缓的背影
如果是我的父亲，那就好了
我可以上前问候一句扶上一把

父亲好像在床边数叨着我
我也抱怨着父亲
猛然惊醒——
周彦虎在人世间再也没有父亲

我想父亲的时候就想回忆
可脑海中是一片空白
我不想父亲的时候
父亲的举手投足历历在目，挥之不去

和众多的老人一样，父亲留下了很多很多
墓碑之后却是一贫如洗的黄土堆
那燃烧的纸火
真的能给父亲带去春天的暖意？

和众多的病人一样，疾病的折磨
使父亲对死亡神圣般向往
而在生死之别的狭长的暗道里
揪心地痛苦，让我绝情地说：父亲、您快走吧

父亲没留下遗言
他那贪婪地望着窗外山景的目光
告诉我：生命、真好
亲情、真好
一个人能工作、真好
一个人能和朋友交谈、真好

其实、父亲走得不远
就在六尺土下
可我望天望云
觉得很近
望父亲，觉得很远

父亲走了，迷迷糊糊地走了六天
才走出亲人们的视野
当一个人走进亲人的心里
再也走不出来时
那就叫仙逝或永生

7

父亲健在的时候
我和他没说多少话
我常常看着电视或报刊
他经常看着我
更多的时间
他的目光像一丝银线

放飞孩子的风筝

要说的话，无非是一些国家大事
家庭的事，被锁在书柜
和几本老书做伴
让老花眼镜分析
让一道道皱纹表述

父亲走了，永远离开了我
我想说的东西反而很多
家长里短
国事天下事
自己的哀怨
亲友的乐事
都想说给他听
可那寒彻的寂寞之水
淹没了我
许多话，只能说给自己听

父亲走了
我的话更少了
牵引着家庭的拖船
在岸边踩出一个个深深的脚窝

8

父亲，想你的时候

我将你的名字
握成手电
照亮眼前的路
在漆黑的夜晚

父亲，想你的时候
我将你的目光
攥在手心
取暖
在寒冷的冬季

父亲，想你的时候
我将你的微笑
举成一杯老酒
醉眠
清除所有的梦幻

父亲，想你的时候
我将你的背影
望成一轮夕阳
凝视
任夜雾将我深深地埋淹

邻居老石头

我的邻居是个典型的老陕北
羊肚子裹头并不白
像一块没洗过一次的尿布子
敲打了一辈子的石头
任何石头在他的锤下冒火花
他却一辈子没冒过一次火花
我这江南的雨花石
怎能经住他的一锤
因而,我俩相处都沉默成石头
旱烟锅和香烟在交谈

老石头有时想对我谈点啥
可总被我的爆炸头粉碎
有时偷看一眼杂志封面
头像成熟的谷穗再也抬不起来
我总想如有米脂的婆姨陪伴他
现在的老石头定是响雷
后来,我听说老石头有婆姨
只因老石头是石头走了西口
难怪老石头闷成木鱼

我喝完最后一碗酒

和醉成红石头的邻居告别
红石头拿出一沓钞票
酒语断续——
这是……你给……的房租钱
权当我送给儿媳的见面礼
从此后,我走南闯北
再也不瞎哼《走西口》
因为老石头从来不唱《走西口》

乡村情绪

树梢上挑着三只喜鹊
粪堆边跳着七只乌鸦
狗,翘起双耳伸长红舌
盯着院中死去的老牛

黄老汉,蹲成盘中的烧鸡

几个后生说
剥了皮吃肉
黄老汉猛抬头
眼睛射出子弹

山坡上,一堆新土
三炷香支撑着
跪拜的头颅

乡村的窗口

乡村的窗口很不透明
窗里窗外的世界
只隔着一张纸
纸上贴着剪刀叙述的故事

看不见窗里的细节
却能听到窗里的心跳
所以,乡村的人常说隔窗有耳
窗外的情节要急于知道
只用舌舔一个洞
从洞口漏进了阳光
小树,河流和对面的山
如果机遇好的话
还会看见扑洞而来的飞燕

西北风裹着鹅毛飞雪
常光顾乡村的窗户
像一床加厚的棉被
盖着鼾声的响雷
斜风细雨敲打窗户
像雨打芭蕉打漏了农人的心田
这时,农人的眼仁儿开始萌芽

城市的窗口有防盗栏
防盗栏的后面有双层的玻璃
玻璃的后面有纱窗
纱窗的后面有一层厚厚的落地窗帘
而乡村的窗户
只用一张纸隔着窗里窗外的事情
捣开这层窗户纸儿
乡村的脸上阳光灿烂

地名与水

偌大的山川
命名 :三滴水
可见水比油比黄金
还要珍贵

喊叫水
喊叫出行走在沙漠里的焦渴
牛羊山雀和禾苗
都在炎阳下让西北风
吹出一种凄厉的哨音
一只老牛脖子上插着血刀
还挣脱绳索冲到水桶边
痛饮后,幸福地轰然倒地

山失水而失去灵秀鸟啼
沟失水而显露古道西风
人失水而表现灵魂的寂寞
可是,西海固的祖祖辈辈
舔着裂唇上的鲜血
水库蓄水,水窖窖水
脸盆盛屋水,脚窝盛汗水
创造出许多波涛的奇迹

对于西海固,水
是一种清纯具有钢性的液体
在一代代人的血管中涌动

社火进城

A

历史人物和神仙，被社火
复活得真真切切花花绿绿
吸引着潮流化了的一双双眼睛
山野的一切音响，被社火
浓缩成锣鼓，震撼着
城市紧绷已久的神经
山民丰富的语言，被社火
喊成仪程，用羽扇
扇开了紧闭的高楼的耳孔
田地的气息，被社火
化为浓浓的春风
和万紫千红
农人的憨厚热情，被社火
变成泥头娃娃，使填满了程序
和生意经的木头欢歌笑语
山水的颂歌和祝福，被社火
载满汽车和旱船，送给了
渴望真诚的一颗颗心灵……

社火把城市烧得沸沸扬扬
要让城里人瞧一瞧泥腿子

怎样用积聚一年的热情
如何用万众一心的节奏
感化残冬和拥抱春神
开创红红火火的生活

B

西北汉子,红腰带
大脚片挤进三寸金莲
舞蹈成老妖婆,一双双高跟鞋
喝醉了酒
摇落了平时的矜持风流
老妖婆妖到哪里

哪里的大街小巷溢出了笑声
就连僵死的高楼大厦
也乐成了一尊尊弥勒佛

C

山里的跑驴跑惯了险径
如今跑在这镜子似的大道
反而颠颠跌跌
神情迷荡
那征服过沙漠和群山的旱船
怎么也划不出这人的海洋
每划一段,山姑的汗水
把油路洗得锃光

跑驴跑出了山里人的粗犷和自豪
旱船载满了庄稼女的情思和胆量

D

腰鼓的方阵压过来了
像一片云载着雷声

惊醒纸醉金迷的崇拜狂
踏碎红灯绿酒的败家梦
振奋创业者的胆魄
爆裂麻将迷的魂灵

敲呀,敲
用力敲
尽情地敲
疯狂地敲啊
一队队腰鼓
一条条响龙……

犁雪　犁穷　犁春

爷爷牵着父亲的手
一根扁担挑着一个家
用根雕似的双脚
从八百里秦川犁起
从战火开垦的土地犁起
犁着万里雪飘的高原之路
在人烟稀少的黄土高坡
犁出一个窑洞的家

父亲扶着我的手
和毛驴一起
犁出几十里羊肠山道
从此,我用铅笔开垦的
是父母从未见过的土地
常常把山路尽头的明月
啃成一块厚重香甜的锅盔

如今,我牵着儿子的手
问火车之犁是否锋利
问飞机之犁是否挂着云朵
以孔子的脸面教育儿子
耕耘事业的春天原野
要用心血的犁铧

脊背上的摇晃

在牛背上摇晃过高山
在马背上摇晃过白云
在驴背上摇晃过溪流
也在猪脊背上摇晃过欢乐
但都比不过妈妈的脊背
那是我的天堂

路陡时
能听见春雨的心跳
天寒时
能感受阳光的味道
串亲访友时
脊背上摇晃着吉祥和骄傲
洗衣做饭时
脊背上摇晃着幸福和慈祥

摇摇晃晃的童年
那是一段天堂的时光

反刍与春晴

冬天是一只花白的老牛
静卧在我的视野
西北风寻寻觅觅
像一只狐狸
大雪花情人似的扑面而来

老花牛闭着眼睛
反刍秋天的阳光
反刍夏天的阴雨
好像朗诵着冬天的散文
我听到了最后一句
春天已在梅花枝头开放

鲁迅(组诗)

《药》

把冰凉的馒头
和滴血的心
策划成一个时代的代表意象
苍白稀释着鲜红
黑夜吞饮着鲜红
这拯救民族灵魂的药
何处寻找
滴血的馒头
即使冒着丝丝热气
仍然是一粒麻醉丸
对于流星的冷弹
先生用破毡帽轻轻挡过
而人血馒头的弹头
射入先生的心脏
也镶嵌在中国文学史册
乃至今天,我读《药》时
还受人血馒头的冷射

《狂人日记》

狂人癔症似的幻象
我思维的烛光
怎么也透析不了
只觉得狂人的梦呓好笑

古久先生的账簿
犹如一土溃疡的城墙
城墙下的人们如蚁
忙忙碌碌地生活
生活得忙忙碌碌
唯独狂人在高出城墙的视点
读懂了这本厚重的史书
好犀利的眼光

每一个时代
总有少数狂人
用自己疲弱而又刚强的身躯
将压在人们身上的城墙洞穿
才使许多如蚁的人
在洞察口
呼吸到新鲜的空气
看到黎明溢出的霞光

《祝福》

鲁镇在雪花的摇篮里熟睡
又在爆竹声的呼啸中惊醒
还是呈现老虎般的肃穆祥和
不过,鲁四老爷已当了乡长
柳妈是招待所经理
又是乡长的丈母娘
杨二嫂任公关部主任
她女儿嫁给了乡长的次子
祥林嫂自从捐了门槛
并让鲁四老爷尝了个鲜后
没人再敢骂她是丧门星
率领着几位村姑
专门伺候上面下来的猎手

鲁镇已不是那个鲁镇
鲁镇的男儿对女人说
只要能挣上钱
干啥,都行
干啥,都好
九泉之下的鲁迅先生
紧紧地闭上眼睛

审判民族的鲁迅

伟人曾说
你是中国最硬的骨头
和许多硬骨头
组成中华的脊梁
可你好像裹脚布
像红灯，像栏杆，像棘荆
纠缠着一些人前行的脚步
被渐渐移除课本
逐渐淡出人们的视野

你总以批判的剪刀
剪裁国人的精神长相
总以犀利的手术刀
解剖国人的性情灵魂
总以锋利的钉子
将丑陋的人钉在十字架上
总以严厉的目光
审视来来往往的众生世相

你站在历史的哪个节点
总让一部分中庸的道人
坐卧不宁

剔除你这块不锈钢做成的骨头
让你消逝在历史长河
无疑清除了一种路障

你被一种叫人性文化的尘土掩埋
阿 Q 往来城乡搞活经济
小 D 成为房地产商
赵四老爷复兴着鲁镇文化
祥林嫂将寡妇文化和庙宇文化融合
孔乙已办起孔子诗社
杨二嫂利用县长的圆规圈了好多土地
假洋鬼子用哭丧棒指导着中国教育
将军的大炮喷射着茅台酒瓶
大小官员一次次拆迁和出卖土地
总之,你被抛弃
好像许多笔下的人物有了活路
你的硬骨头
指引不了历史前进的方向

不过,如果病人没有了手术刀
文人的笔尖失去批判的光芒
画士只会画裸体女人
歌唱家只会歌功颂德打情骂俏
全民苦读着人民币的圣经
道貌岸然的政治
只能混浊
没有脊梁的中华龙

只能蠕动,怎能腾飞

先生的骨头最坚硬
先生的头脑最清醒
刮骨疗毒
还需要先生刺刀似的金笔

罐罐茶

红土泥巴
和着剪碎的头发
搅拌出黄土高原的劲道
捏制成胚子
在炎阳下浇水暴晒
集天地人灵气的炉子
常坐在主人的枕头前

木材、干牛粪、杂草
和嘴的鼓风机
拱起一团烟火
薰烤着罐罐茶
眼泪哗哗地流着
幸福地守候着

泥罐罐不大
塞满了砖茶
倒在杯中的几滴茶
让你尝尽人间的苦涩
而老辈人说
这才是人间甘味

亲戚不走
茶罐子不倒
那个煎熬啊，煎熬
煎熬尽了黄土的日月

罐罐茶已淡出了岁月
老辈儿的乡愁
还在我心的罐罐茶中吐噜着

有时我真认为
生活就是一个火烤的大泥罐
山里人是一片片茶叶
岁月品尝着

故乡的月亮

在蓝天上
凝望成一只幽怨的眼睛
看透高楼的纱窗
然后在床前
以丁香的婆娑
散发故乡的味道

哪一个季节
哪一个角度
那一轮明月,为什么
在万里蓝天上
总定位在故乡的上空
成为一只咕咕的白鸽

抓五子

五个羊拐子
五个石子
五个桃核子
五个杏核子
只要是五个东西
哪怕是五个星星
山里的孩子
平坐在一块平地上
也能抓出五个太阳的热情
五个月亮的圆润

丢起一粒石子
眼盯着石子
手抓起地上的四粒
然后接住垂下的那粒
依次类推的游戏
只至丢四抓一
难度越来越大
将整个身心 投入五子
抓地接天
身体是擎天一柱

高手还要用攥着石子的手的食指
在地上画钩或圆
高高手直至盲抓
那种专注，那种精神
抵挡了天天来袭的饥饿
和漫长的日月

三十五年前的抓五子
相当于三十五年后的玩手机
穷有穷的智慧
富有富的呆滞